# COPAINS D

## Suis les règles

Sierra Harimann
Illustrations d'Ana Gomez
Texte français de Claude Cossette

SCHOLASTIC

Catalogage avant publication de Bibliothèque et Archives Canada

Harimann, Sierra
[Fairness comes first. Français]
Suis les règles / Sierra Harimann ; illustrations de Ana Gomez;
texte français de Claude Cossette.

(Copains de classe)
Traduction de: Fairness comes first.
ISBN 978-1-4431-6991-2 (couverture souple)

I. Gomez, Ana, 1977-, illustrateur  II. Titre.  III. Titre: Fairness comes first.
Français

PZ23.H367Sui 2018          j813'.6          C2018-902639-1

Édition publiée par les Éditions Scholastic, 604, rue King Ouest,
Toronto (Ontario) M5V 1E1

5 4 3 2 1     Imprimé au Canada  119     18 19 20 21 22

Conception graphique d'Angela Jun

C'est l'heure de la récréation!
Les animaux se précipitent dehors pour
aller jouer.

BIENVENUE
À
L'ÉCOLE
DU ZOO

— Tu es le chat! lance Kiara en touchant Léonard. À toi de m'attraper!

Puis elle traverse la cour en faisant de grands bonds de kangourou.

Léonard se lance à sa poursuite.

Béatrice se joint à eux.

Léonard rattrape Kiara et la touche du bout de la patte.

— C'est toi le chat! s'exclame-t-il.

— Tu m'as encore attrapée! fait Kiara
en soupirant.

Pour plaisanter, Léonard bombe le torse et rugit.

— Je sais, dit-il. Je suis l'animal le plus rapide de l'école du zoo.

— Pas du tout! riposte Béatrice. Je pourrais te battre dans une compétition.

— D'accord, fait Léonard en souriant. Faisons la course!

— Moi aussi, je veux participer, déclare Kiara.

— Parfait, réplique Léonard, plus on est de fous, plus on rit!

— Mais il nous faut un juge, fait remarquer Émilio.

— Pourquoi pas Gus? lance Clarisse.
— Veux-tu être le juge? lui demande Émilio.

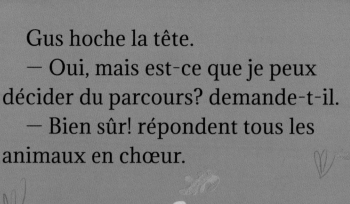

Gus hoche la tête.

— Oui, mais est-ce que je peux décider du parcours? demande-t-il.

— Bien sûr! répondent tous les animaux en chœur.

— La course aura lieu demain après le dîner, annonce Gus. Que le meilleur gagne!

Le lendemain, les animaux avalent rapidement leur dîner.
Ils ont hâte de faire la course.

Puis tous se regroupent autour de Gus.
C'est une journée venteuse.

Léonard s'étire les pattes.
Kiara exécute des sauts avec écart pour s'échauffer.
Béatrice court sur place.

— Écoutez-moi bien! lance Gus à ses amis. Vous allez traverser le terrain, grimper jusqu'au sommet du portique d'escalade, redescendre, faire trois fois le tour du chêne et revenir à l'école. C'est compris?

— Compris! répondent les coureurs.

— Pas de bousculade ni de tricherie, ajoute Gus. À vos marques! Prêts? Partez!

Léonard est en tête lorsqu'il escalade
le portique.

Kiara et Béatrice sont juste derrière lui!

Léonard fait seulement une fois le tour du chêne et s'élance vers la ligne d'arrivée.

Kiara et Béatrice suivent les règles.

Elles font trois fois le tour de l'arbre.

Léonard est le premier à franchir la ligne d'arrivée.

— Hé! s'écrie Kiara, ce n'est pas juste! Léonard a triché.

— Ce n'est pas vrai! riposte Léonard. J'ai gagné de façon honnête.

— N'as-tu pas compris les règles? crie Béatrice à Léonard.

— Bien sûr que si! réplique Léonard en bombant le torse.

— Tu devais faire trois fois le tour de l'arbre! ajoute Kiara.

— Pas du tout! rugit Léonard.

— Les amis, dit Gus, restons calmes et soyons respectueux les uns envers les autres. Et vous deux, essayez de vous écouter au lieu de vous blâmer. On peut trouver une solution!

— Est-ce qu'il fallait que je fasse le tour de l'arbre trois fois? demande Léonard.

Gus répond « oui » en hochant la tête.

— Je suis désolé, dit Léonard. J'étais si excité que je n'ai pas bien entendu les consignes.

— Ce n'est pas grave, dit doucement Kiara.
Tu ne voulais pas tricher. J'aurais dû te poser
la question avant de t'accuser.

— Moi aussi, reconnaît Béatrice.

— Faisons une autre course, suggère Émilio.

— Et cette fois, tout le monde suit les règles, ajoute Clarisse.

La lutte est très serrée.
Mais Kiara devance Léonard à la ligne d'arrivée.

— Bravo, Kiara! lance M. Pilier. Il y a un autre élève qui sort vainqueur aujourd'hui.

L'enseignant accroche une médaille d'or étincelante au cou de Gus.

— Gus nous a montré qu'il faut toujours suivre les règles, dit-il. Hip, hip, hip! hourra!